जंगल का दर्द

कविताएँ

जंगल का दर्द

सर्वेश्वरदयाल सक्सेना

राजकमल प्रकाशन

ISBN : 978-93-88933-15-5

मूल्य : ₹295

पहला संस्करण : 1976
दूसरा संस्करण : 2019

प्रकाशक : राजकमल प्रकाशन प्रा. लि.
1-बी, नेताजी सुभाष मार्ग, दरियागंज
नई दिल्ली-110 002

शाखाएँ : अशोक राजपथ, साइंस कॉलेज के सामने, पटना-800 006
पहली मंजिल, दरबारी बिल्डिंग, महात्मा गांधी मार्ग, इलाहाबाद-211 001
36 ए, शेक्सपियर सरणी, कोलकाता-700 017

वेबसाइट : www.rajkamalprakashan.com
ई-मेल : info@rajkamalprakashan.com

बी.के. ऑफसेट
नवीन शाहदरा, दिल्ली-110 032

JANGAL KA DARD
Poems by Sarveshwar Dayal Saxena

क्रम

जंगल का दर्द : एक

जंगल का दर्द : दो

जंगल का दर्द : एक

श्रीलता के लिए

मैं जानता था तुम्हारा मोर एक दिन
सीख़चों से रगड़कर
अपनी कलगी तोड़ लेगा

कितनी ठंड है

कितनी ठंड है
कपोलों पर ढुलके आँसू
जम गए।

कितनी ठंड है
शब्द कंठ में ही
बर्फ़ हो गए।

फिर भी स्मृतियाँ
आग की तरह धधक रही हैं,

जैसे बर्फ़ में मशाल लेकर
कोई जा रहा हो।

जब रोशनी हो
और ताप नहीं,
तो बर्फ़ानी तूफ़ान में
दफ़न होने का पश्चात्ताप नहीं।

अपना चेहरा

अपना चेहरा अपने दर्पण में देखना
अपना चेहरा दूसरे के दर्पण में देखना
अपना चेहरा दूसरे की आँखों में देखना
अपना चेहरा अलग–अलग पाना है।

वह एक दिन मेरी सीढ़ियों पर खड़ी थी
पीली, थकी, बीमार, कुछ हाँफती,
आत्मीय मुस्कान लिये।
मैंने सोचा—
मैं उसकी आँखों में अपना चेहरा
देख सकता हूँ।

उसकी चमकदार, तरल, सुन्दर आँखों में
मैंने झाँका—
वहाँ तमाम चेहरे थे :
दुखी चेहरे, उदास चेहरे, ग़ुस्से और
क्षोभ से भरे चेहरे, फीके, निस्तेज,
धूल खाए चेहरे।
मुझे लगा मैं किसी की आँखों में नहीं
गाँव के किसी ताल में
झाँक रहा हूँ
जिसके तट की मेंड़ पर
किसी प्लेग से भाग कर आए
असहाय लोग खड़े हैं।
चेहरों की उस भीड़ में
मेरा चेहरा खो गया है।

मुझे पहली बार लगा
कुछ आँखें ऐसी होती हैं
जिनमें अपने को देखने की कोशिश करना
अपने से नफ़रत करने की शुरुआत होती है।

क्या मैं अपने चेहरे से नफ़रत करके
उन तमाम चेहरों को प्यार
कर सकता हूँ
जिनका अक्स उसकी आँखों में थिर है?
यह जानने के लिए मैंने
अपना दर्पण उठाया
और पहली बार मैंने उसमें

अपना चेहरा नहीं पाया।
मेरे सामने कोई चारा नहीं था।
सिवा इसके कि मैं फिर
उसकी आँखों में झाँकूँ,
और इस बार
अपना चेहरा देखने की इच्छा से मुक्त होकर।
उन चमकदार, सुन्दर, तरल आँखों में
जो भविष्य की हैं।

आग

मैंने उसे फूल दिया
उसने उसे आग में बदल लिया।
सुगंधि धधक कर रोशनी बन गई
और कोमलता ने
मेरे चेहरे पर थूक दिया।

उसने कहा
लिखो—'आग'
दिनभर के थके-माँदे चंद
अनपढ़ खेतिहर मज़दूरों ने

सिर झुका, पहली बार
अटक-अटक कर
स्लेट पर खड़िया से लिखा
'आग'।

और जब वे लिख चुके
एक सुगंधि-सी छा गई।

तुम फिर सुगंधि खोज रहे हो?

आग होकर भी
सदियों से
जो इसे लिखने-पढ़ने से वंचित रहा हो
पहले उसकी ताक़त खोजो।

उसने उनसे पूछा—
'आ' से?
सबने कहा—'आदमी'
फिर उसने पूछा—
'ग' से
सबने कहा, 'गधा'।

वह मेरी ओर देखने लगी :
'समय आ गया है
जब इन्हें आदमी और गधे का
रिश्ता समझाना होगा।

इन्हें आदमी होने का अहसास कराना होगा
और उनको गधा होने का।'

वह फिर मज़दूरों की ओर
मुख़ातिब हुई—
एक बार फिर से लिखो साफ़-साफ़—
'आग'।
वे फिर सिर झुका लिखने लगे
इस बार अधिक आत्मविश्वास के साथ।
मैंने देखा, स्लेट पर चलती
                    उनकी उँगलियाँ
लौ में बदल रही हैं
और पूरा शब्द लिखते ही
उनका हाथ मशाल में बदल गया है।

'लो अब तुम चाहो इसे उठा लो'।

और इस तरह उसने
मेरा फूल मुझे वापस कर दिया।

[2]

किसी को कुछ देने का अभिमान
मेरा जाता रहा।
उसके जाते ही
मैंने महसूस किया

चारों तरफ़ केटलियाँ खौल रही हैं
मैं भाप बनकर उड़ रहा हूँ।

शब्द जिन्हें मैं बर्फ़ की सिल्लियों पर भी
अकेली चींटी-सा चला ले जाता था

अब अंगारों से धधक रहे हैं।
उनसे मैं खेल नहीं सकता
वे युद्धभूमि में बदल गए हैं।

वह मज़दूरों की ओर मुख़ातिब थी—
'साथियो! महीनों से आपकी
पगार रुकी हुई है,
मालिकान दरख्वास्त हज़म करते
जा रहे हैं,
आप फाके पर फाके कर रहे हो,
अब उनकी कोठियों का घेराव
करने के अलावा और कोई चारा नहीं,
क्या कहते हो?'

मैंने मज़दूरों की आँखों की ओर देखा
कच्ची मिट्टी की गोलियाँ
आग में तप कर
सुर्ख़ हो गई थीं,
यह सुनते ही
गुलेल की तरह खिंच गईं

छूटने लगीं—
'घेराव? आग लगा देंगे आग।'

'फूल किसी एक का होता है
आग सब की होती है,
सब को एक करती है।'

उसने मेरी ओर देखा और कहा।

[3]

वे उठ खड़े हुए
जुलूस की शक्ल में बढ़ने लगे
जैसे जंगल की आग
किसी गिरिशिखर की ओर
बढ़ रही हो।
पाँच सौ वर्षों से
जिन रूपाकारों की मैंने खोज की थी
वे सब उस आग में पड़ते ही
धधकते और विकराल लपटों में
भहरा कर गिर पड़ते,
हर साँचे पिघल गए,
शब्द पहचान से परे हो गए,
मैं अपने को खोजने लगा।

तुम फिर अपने को खोज रहे हो?

'अब तुम्हारी कोई पृथक् इयत्ता नहीं
अब केवल आग है—
सबसे मिल कर एक आग।
क्या तुम एक लपट में
अलग-अलग चिनगारियों को
पहचान सकते हो,
उनको जिनसे वह उत्पन्न हुई
या उनको जिनसे वह फैलेगी?'

मैंने देखा—
वह उस लपट का अंग है।
फूल की एक पंखुरी की तरह
मैं उसे सहेज कर नहीं रख सकता।

[4]

वह आग मेरे क़रीब आती जा रही है।
कभी मैं किसानों की चिलमों में
अंगारे की तरह दमकने की कामना करता था,
मज़दूरों की बीड़ियों में सुलगने के
ख़्वाब देखता था।
उनके चूल्हों में धधकना चाहता था।
और इस तरह
मैं अपने को बचा कर
उनका और उनके लिए होना चाहता था।

अब—
उनका और मेरा चेहरा एक हो गया है।
हम सब एक अंगार हैं, एक लपट, एक आग,
एक शब्द, एक अर्थ, एक राग,
एक चरण, एक यात्रा, एक राह,
एक संकल्प, एक नारा, एक चाह,
समर्पित
एक क्रांति को।

रसोई

मैं नहीं जानता
भगौने में क्या पक रहा है?
और उसके दिल में क्या?
और क्या उनके विचारों में
जो घर से बाहर सिर झुकाये बैठे हैं?

केवल इतना जानता हूँ
भगौना गर्म है,
और वह आज उदास नहीं है,
और बाहर बैठे लोग कहीं जाने की
तैयारी कर रहे हैं।

वह बार-बार
कुछ गुनगुनाती है
फिर भगौने का ढक्कन उठा
                    झाँकती है
और आग तेज़ करती है

बाहर लोगों के ज़ोर-ज़ोर से
        बोलने की आवाज़ आती है :
'बहुत हो चुका अब ऐसे नहीं चलेगा!'

मैं नहीं जानता
इसके बाद क्या होगा?

नक़्शा

एक बच्चा नक़्शा बनाता है
तुम जानते हो वह कहाँ जाता है?

एक बच्चा नक़्शे में रंग भरता है
तुम जानते हो वह कहाँ गया?

एक बच्चा नक़्शा फाड़ देता है
तुम जानते हो वह कहाँ पहुँचा?

यदि तुम जानते होते
तो चुप नहीं बैठते
इस तरह।

हाथ

हाथ ज़रूरी है
उनका चलना और भी ज़रूरी
और न रुकना सबसे ज़रूरी।

बिना सूइयों की घड़ी
समय को कैसे पहचानेगी?
चाहे कलाई की हो
या घंटाघर की।

हाथ ज़रूरी हैं
घड़ी बन्द हो तो भी
कम से कम दूसरे
धोखे में नहीं रहेंगे।

रास्ता

बन्द रास्ते पर
दौड़ने की यातना जानते हुए भी
दौड़ो।

तभी उस संतोष को पहचानोगे
जो इस तरह दौड़ने से मिलता है।

निर्धारित यातना
और अर्जित संतोष
दोनों जब आमने–सामने खड़े हों
तब तुम वह नहीं रह जाओगे
जिसके लिए रास्ता बन्द था।

जड़ें

वहशी हवाओं में खड़ा पेड़
तालियाँ बजाता है
क्योंकि उसकी जड़ें
धरती में बहुत गहरी हैं।

तुम क्या करोगे
थूनी पर खड़े छप्पर?

जिसकी ताक़त से जुड़ोगे
उसी की कमज़ोरी से उड़ोगे।

भेड़िया–1

भेड़िए की आँखें सुर्ख़ हैं।

उसे तब तक घूरो
जब तक तुम्हारी आँखें
सुर्ख़ न हो जाएँ।

और तुम कर भी क्या सकते हो
जब वह तुम्हारे सामने हो?

यदि तुम मुँह छिपा भागोगे
तो भी तुम उसे

अपने भीतर इसी तरह खड़ा पाओगे
यदि बच रहे।

भेड़िए की आँखें सुर्ख़ हैं।
और तुम्हारी आँखें ?

भेड़िया–2

भेड़िया गुर्राता है
तुम मशाल जलाओ।
उसमें और तुममें
यही बुनियादी फ़र्क़ है।

भेड़िया मशाल नहीं जला सकता।

अब तुम मशाल उठा
भेड़िए के क़रीब जाओ
भेड़िया भागेगा।

करोड़ों हाथों में मशाल लेकर
एक-एक झाड़ी की ओर बढ़ो
सब भेड़िए भागेंगे।

फिर उन्हें जंगल के बाहर निकाल
बर्फ़ में छोड़ दो
भूखे भेड़िए आपस में गुर्राएँगे
एक दूसरे को चीथ खाएँगे।

भेड़िए मर चुके होंगे
और तुम?

भेड़िया-3

भेड़िए फिर आएँगे।

अचानक
तुममें से ही कोई एक दिन
भेड़िया बन जाएगा
उसका वंश बढ़ने लगेगा।

भेड़िए का आना ज़रूरी है
तुम्हें ख़ुद को पहचानने के लिए
निर्भय होने का सुख जानने के लिए
मशाल उठाना सीखने के लिए।

इतिहास के जंगल में
हर बार भेड़िया माँद से निकाला जाएगा।
आदमी साहस से, एक होकर,
मशाल लिये खड़ा होगा।

इतिहास ज़िन्दा रहेगा
और तुम भी
और भेड़िया?

राह निकलेगी

संशय—
इस भाव को मिटा दो
रोशनी जल उठेगी
तुममें निर्भय।

पीठ पर रखा छुरा
लगेगा प्रोत्साहन का स्पर्श
और तुम बिजली की तरह
आगे बढ़ जाओगे अक्षय।

उस आँख में देखो
अपनी आँख

लौ तेज़ होगी
बनेगी एक दृष्टि-लय।

उस हाथ में रख दो
अपना हाथ
सेतु निर्मित होगा
मिटेगा प्रलय।

विपत्ति में
तुम अकेले नहीं हो,
असंख्य सोते कुलबुलाते हैं
चट्टानों में
मिल कर एक धारा बनने को,
इसे पहचानो
राह निकलेगी निश्चय।

रेंगता साँप

कंकड़ों में रेंग रहा है साँप
लाठियाँ मारने पर भी
वह सुरक्षित है।

क्या प्रतीक्षा करूँ
जब तक वह
समतल भूमि पर न आ जाए,
या अपना अस्त्र
बदल दूँ?

भूख

जब भी
भूख से लड़ने
कोई खड़ा हो जाता है
सुन्दर दीखने लगता है।

झपटता बाज,
फन उठाये साँप,
दो पैरों पर खड़ी
काँटों से नन्ही पत्तियाँ खाती बकरी,
दबे पाँव झाड़ियों में चलता चीता,
डाल पर उलटा लटक

फल कुतरता तोता,
या इन सब की जगह
आदमी होता।

जब भी
भूख से लड़ने
कोई खड़ा हो जाता है
सुन्दर दीखने लगता है।

धूल-1

तुम धूल हो—
पैरों से रौंदी हुई धूल।
बेचैन हवा के साथ उठो,
आँधी बन
उनकी आँखों में पड़ो
जिनके पैरों के नीचे हो।

ऐसी कोई जगह नहीं
जहाँ तुम पहुँच न सको
ऐसा कोई नहीं
जो तुम्हें रोक ले।

तुम धूल हो
पैरों से रौंदी हुई धूल
धूल से मिल जाओ।

धूल-2

तुम धूल हो
ज़िन्दगी की सीलन से
दीमक बनो।

रातोंरात
सदियों से बन्द इन
दीवारों की
खिड़कियाँ
दरवाज़े
और रोशनदान चाल दो।

तुम धूल हो
ज़िन्दगी की सीलन से जनम लो
दीमक बनो, आगे बढ़ो।

एक बार रास्ता पहचान लेने पर
तुम्हें कोई ख़त्म नहीं कर सकता।

इन्तज़ार

इन्तज़ार
शत्रु है
उस पर यक़ीन मत करो।

वह जाने किन झाड़ियों
और पहाड़ियों में
घात लगाए बैठा रहता है
और हम पत्तियों की चरमराहट पर
कान लगाए रहते हैं।

इन्तज़ार
शत्रु है

उस पर यक़ीन मत करो।

वह छापामार सैनिक की तरह
ख़ुद अँधेरे में रहता है
और हमें उजाले में खड़ा देखता रहता है,
मौक़े की तलाश में
और हम अँधेरे में टार्च की रोशनी ही
फेंकते रहते हैं।

इन्तज़ार
शत्रु है
उस पर यक़ीन मत करो।

वह हमें नदी बनाकर
हमारे बीच से ही
मछली की तरह अदेखा तैर जाता है
और हम लहरों के असंख्य हाथों से
उसे टटोलते रहते हैं।

इन्तज़ार
शत्रु है
उस पर यक़ीन मत करो।

उससे बचो।
जो पाना है फ़ौरन पा लो
जो करना है फ़ौरन करो।

जंगल का दर्द

एक ने मुझसे पूछा :
'जंगल क्या होता है?'
दूसरे ने कहा—'और दर्द?'

मैं ख़ामोश रहा।

मैंने एक बड़े पिंजड़े में
दोनों को बन्द कर दिया
और ऊपर एक काली
झीनी चादर डाल दी।

कुछ दिनों बाद वे मुझे
जंगली जानवरों की तरह देखने लगे—
पहले उनकी आँखें हरी हुईं
अहिंसक पशुओं जैसी
फिर सुर्ख़, हिंसक पशुओं में बदल गईं,
खूँखार—

वे भूखे थे।
मैंने टुकड़ा फेंका।
वे आहार छोड़
आपस में गुँथ गए,
लहूलुहान हो गए।

ताक़तवर ने सब खा लिया
कमज़ोर ने उच्छिष्ट से
सन्तोष कर, दर्द से मुँह छिपा लिया।

यह क्रम बहुत दिनों तक
मैंने बना रहने दिया—
भूखा रखना, टुकड़ा फेंकना,
ताक़तवर में दर्प जगाना
और कमज़ोर में सन्तोष।

और जब वे
इसके इतने आदी हो गए
कि कुछ और सोच पाना

उनके लिए असम्भव हो गया
तब मैंने उन्हें
पिंजड़े से निकाल दिया।

अब वे खुले में खड़े थे
खड़े हैं
खड़े रहेंगे
टुकड़े फेंके जाने की प्रतीक्षा में
लड़ने को तैयार
दर्प और सन्तोष के
शिकार।

कुत्ता-1

कुत्ते की दुम काट दो
दुम हिलाने का भाव
नहीं जाएगा।

सभी कुत्तों की दुम काट दो
फिर भी
दुम हिलाने का भाव
नहीं जाएगा।

क्योंकि कुत्ता
आदत से टुकड़खोर है
तुम्हें टुकड़खोरी के रास्ते
बन्द करने होंगे।

कुत्ता-2

जब हर चेहरा
हाँफता, लार टपकाता
नज़र आए,
पुचकारते ही
दुम हिलाए,
दुलारते ही पेट दिखाए,
सारा माहौल कुँकुआने से भर जाए।

तब समझदार को चाहिए
डर जाए,

इस आशंका से भर जाए
कि कहीं वह उनसे
प्रतिस्पर्धा न कर जाए।

कुत्ता-3

कुत्ते का पट्टा खोल
जंगल में छोड़ दो
वह भेड़िया बन जाएगा।

उसके साथ
उसकी जमात जोड़ दो
वह शेर से लड़ जाएगा।

वह पट्टा है
जिसके कारण
कुत्ता निखट्टा है।

लाल सायकिल

रात भर
एक लाल सायकिल
कँटीले बाड़े से टिकी
अकेली खड़ी रही।
पुलिस की सीटियाँ बजती रहीं
उनके भारी बूटों की आवाज़ें आती रहीं।

सुबह एक बच्चा कहीं से आया
और ओस में भीगी ठंडी घंटी
बजाने लगा।

घरघराती हुई एक काली भारी गाड़ी
सायरन बजाती आकर रुकी।
बच्चा घंटी बजाना भूल
गाड़ी की छत पर टिमटिमाती
नीली रोशनी देखने लगा...

फिर गाड़ी उसे लेकर चली गई।

पहली बार, मैं अपने कमरे के फ़र्श पर
खिड़कियों के छड़ों की परछाइयाँ
पड़ती देख,
सहम गया।

एक स्थिति

गिलास को औंधा रख देने से
गिलास की क्षमता नष्ट नहीं होगी
यह एक स्थिति है
नियति नहीं।

स्थिति
आसानी से बदली जा सकती है।
केवल थोड़ी-सी हरकत ज़रूरी है।
तुम्हें हाथ बढ़ाना होगा
और अपने भीतर कहीं
बोतल की कार्क खोलनी होगी

और साफ़-साफ़ समझना होगा
कैसे और कितना?

संकल्प से पहले
समझने की बात है
और ज़रूरत को
साफ़-साफ़ पहचानने की।

यह घर

घर में घुसते ही
मैंने अपने कपड़े उतारे
जिसे वह बुद्धिजीवी का
चोगा कहती है।

खाने की मेज़ पर
केवल कुछ किताबें खुली हुई पड़ी थीं
जिन्हें मैं पढ़ने से डरता था।

वह चारों तरफ़
कहीं नहीं थी।

उसके कमरे का दरवाज़ा
भीतर से बन्द था।

रसोईघर में जाने की
मेरी हिम्मत नहीं हुई।

मैं सोफ़े पर
टाँगें फैला पसर गया
और छत पर
रुका हुआ पंखा देखने लगा।

अचानक मेरी दृष्टि
सोफ़े के पास मेज़ पर रखे
कैसेट टेप रेकार्डर पर पड़ी
जिस पर एक चिट लगी थी :
'इसे सुनो।'

मैंने 'की' दबा दी
तरह-तरह की चीख़ें आने लगीं।

कुछ देर उन्हें सुनते-सुनते
जब मैं घबरा गया
तब एक साफ़ आवाज़
सुनाई दी—
यह उसकी आवाज़ थी :

'यदि तुम कायरों की
ज़िन्दगी जियोगे
तो मैं यह घर छोड़कर
कहीं चली जाऊँगी।'

संतवाणी

तेज़ आँधी में
वह लालटेन लिये
चला जा रहा था
ख़ुश, कि रास्ता कट जाएगा।

कुछ देर बाद
चिमनी एक ओर से
काली होने लगी।
उसे महसूस हुआ
कि बत्ती टेढ़ी कटी है।

धीरे-धीरे कालिख बढ़ती गई
और रोशनी मद्धिम होती गई।

उसने बत्ती तेज़ की
पर रोशनी की
वही हालत!

उसे लगा कि इसमें तेल
लगभग नहीं के बराबर
डाला गया है।

कुछ देर अन्धी रोशनी के सहारे भी
वह चला,
बिना तेल की बत्ती तेज़ करता।

पर आख़िरकार यह अन्तिम
सहारा भी चुकना ही था।

तेज़ आँधी में
अब वह बुझी हुई
लालटेन लिये खड़ा है
जाने कब से,
जाने कब तक के लिए।

क्षमा करो!
अब मैं किस
अँधेरे का वर्णन करूँ,

जो उसके बाहर है
या जो उसके भीतर?
किस रास्ते का वर्णन करूँ,
जिस पर उसे आगे
बढ़ना है
या उसका जिस पर
अब वह लौट नहीं सकता?

निश्चय की घड़ी

धूप में
नदी पार कर
हम सब जंगल के किनारे
पहुँच गए।

थोड़ी देर पिकनिक-सी ऊपरी
चहल-पहल मनबहलाव के लिए
घास में रेंगती रही।

जब भीतर जाने का वक़्त आया—
निश्चय की घड़ी—

तो सब साथी
अलविदा की मुद्रा में
हाथ हिलाते लौट पड़े।

क्योंकि वन अभेद्य था।

और वह जिसे मैं
अपनी मृत्यु तक की संगिनी मानता था
केवल मेरे गले में बाँहें डाल
मेरी आँखों में देखने लगी :
कोरी सम्मोहन दृष्टि।

उसने अपना सुर्ख़ स्कार्फ़ खोला
और मेरे गले में बाँध दिया।
जैसे लौटने की घड़ी का आख़िरी संकेत।

फिर बिना मेरी ओर देखे उन सबके साथ हो ली।

वे सब तेज़ क़दमों से जा रहे थे
जैसे लौटकर देखने पर धमाका हो सकता है।
फिर मैं अकेला
राहहीन, घने काले जंगल में
घुस गया, चलने लगा।

अचानक खड़खड़ाहट हुई
मैं सावधान हो गया,

मैंने पीछे देखा
एक नन्हा बच्चा निर्भीक
चला आ रहा था।

मेरे कुछ पूछने के पहले ही
उसने जवाब दिया :
'मुझे रंगीन चिड़ियाँ
अच्छी लगती हैं,
इस जंगल में बहुत हैं।'

काला तेंदुआ–1

चट्टानों पर सो रहा है
काला तेंदुआ
चट्टानों का रंग काला है।

चट्टानों पर अँगड़ाई ले रहा है
काला तेंदुआ
चट्टानों का रंग बदल रहा है।

चट्टानों पर दौड़ रहा है
काला तेंदुआ
चट्टानों का रंग बदल गया है।

चट्टानों पर झिंझोड़ रहा है अपना शिकार
काला तेंदुआ
चट्टानें, चट्टानें नहीं रहीं
तेंदुओं में बदल गई हैं।

एक तेंदुआ
सारे जंगल को
काले तेंदुए में बदल रहा है।

काला तेंदुआ–2

साँझ के झुटपुटे में
अपने शिकार को ठिकाने लगा
सुर्ख़ पथरीली नदी में
पानी पीता है
काला तेंदुआ।

यह नदी
उसका अतीत है
उसका वर्तमान है
उसका भविष्य है।

युगों से
इसी नदी के सहारे
काले जंगल की धड़कन में
बदल जाता है काला तेंदुआ।

मुक्ति की आकांक्षा

चिड़ियों को लाख समझाओ
कि पिंजड़े के बाहर
धरती बहुत बड़ी है, निर्मम है,
वहाँ हवा में उन्हें
अपने जिस्म की गन्ध तक नहीं मिलेगी।
यूँ तो बाहर समुद्र है, नदी है, झरना है,
पर पानी के लिए भटकना है,
यहाँ कटोरी में भरा जल गटकना है।
बाहर दाने का टोटा है
यहाँ चुग्गा मोटा है।
बाहर बहेलिये का डर है
यहाँ निर्द्वंद्व कंठ-स्वर है

फिर भी चिड़िया
मुक्ति का गाना गायेगी
मारे जाने की आशंका से भरे होने पर भी
पिंजड़े से जितना अंग निकल सकेगा निकालेगी,
हरसूँ ज़ोर लगाएगी
और पिंजड़ा टूट जाने या खुल जाने पर उड़ जाएगी।

थोड़े दिन और...

थोड़े दिन और...
बादल छँटेंगे,
कल के सिरमौर
पैरों पटेंगे।

बहा जो लहू—
व्यथा, भाले की अनी,
घाव ही घात
लगा, निबटेंगे।
कल के सिरमौर
पैरों पटेंगे।

बिजली गिरेगी जितनी,
तड़केगी वनों में उतनी,
रोम–रोम साध अग्निबाण
तरु डटेंगे।

जंगल का दर्द : दो

रूसी कवि मित्र

अलेक्सांद्र सेंक्याविच

के लिए

तीमारदारी

बहुत सँकरी सुरंग से होकर
गुज़र जाती है सुबह और शाम
रोज़-रोज़ का कमाया धीरज
सोख लेता है आसंमान।

उम्र के सिरहाने पड़ी कुर्सी पर
बैठा रहता है अदृश्य,
अर्थ बड़ा है सामर्थ्य से—
कगार पर पेड़ का खड़ा रहना ही बहुत है।

डालियों पर विश्राम करते पक्षी
और काटती लहरों के बीच एक रिश्ता है।

जो पेड़ के गिरने
और पक्षियों के उड़ जाने पर भी टूटता नहीं।
हर अन्त से जुड़ जाती है
एक नई शुरुआत।

सूने लम्बे गलियारे में
आते-जाते दुख की
भारी पगचाप
सुनती रहती हैं तीमारदार स्मृतियाँ
और देखती रहती हैं
सामने एक भूरा जंगल
जहाँ हवा शोकवस्त्र पहने घूम रही है।

निराशा की ऊँची काली दीवार में भी
बहुत छोटे रोशनदान-सी
जड़ी रहती है कोई न कोई आकांक्षा
जिसमें उजाला फँसा रहता है
और कबूतर पंख फड़फड़ाकर निकल जाते हैं।
कोई सुख बड़ा नहीं होता।
कोई दुख छोटा नहीं होता।

कमरे में बसे
ताप की बाँह थाम

चुपचाप
बर्फ़ से उठती है भाप—
काँपते पैरों पर
वर्तमान का कन्धा पकड़
खड़ा हो जाता है बीमार भविष्य
और नए सिरे से चलना सीखता है।
लड़खड़ाना अक्सर गिरना नहीं
सँभलना भी होता है।

व्यथा की मार से
शब्दों के छिन जाने पर भी
ख़ामोशी बोलती है,
थर्मामीटर में क़ैद पारा भी
दूसरों के लिए चढ़ता-उतरता है,
कौन जानता है
कौन-सा स्पर्श जादू कर जाए।

प्यार की शक्ति
इतिहास की शक्ति नहीं है।

किन्हीं दो क्षणों के
दो छोटे पत्थरों पर टिक जाती है
एक विशाल मेहराब
और सदियों तक टिकी रह जाती है,
लेकिन गहरी नींव पर
बनी दीवार अक्सर हिल जाती है।

भूकम्प नापने के यंत्र
पीठ पर लादे खँडहरों में
घूमता रह जाता है विवेक
जबकि दिल की गहराइयों में
बेबुनियाद चीज़ों की एक बस्ती
खड़ी हो जाती है,
ईश्वर और आदमी की
तीमारदारी के लिए।

खरोंच

अब वह खरोंच सूख गई है,
खुरंट जम गया है,
थोड़ी देर बाद
आत्मा में फिर वही चिकनई आ जाएगी।

हम फिर कँटीली झाड़ियों में घुसेंगे
यह देखने कि घोंसलों में
नवजात चिड़ियों के पंख
निकल आए हैं या नहीं,
उनकी आवाज़ कितनी खुली है।

एक चहकती रंगीन कौंध
मेरे ऊपर से गुज़र जाए
फिर मैं यहाँ से एक झरना बन बह जाऊँगा।

चुपचाप

एक खड़खड़ाहट है पत्तों में—
कोई चल रहा है :
हो सकता है वह गिरगिट हो
या कोई परिन्दा
या हवा ही!

सुनो, चुपचाप, साँस रोककर,
कहीं तुम्हारी कोई आवाज़
उसे बेसुरा न बना दे!

बिखरे पीले पत्तों पर पगचाप
निरुद्‌देश्य एकान्त की भी

इस जंगल के दर्द को
हल्का कर देती है।

अपना यह उठा ठिठका पैर
सूखे पत्तों पर रखने के पूर्व
यह जो तुम सुन रहे हो,
वही है जो तुम्हारी यात्रा को बड़ा करता है।

पेड़ों को और ऊँचा होने दो,
रोशनी को और झीना,
तुम अपने को पा लोगे
सूनेपन के संगीत में गुँथे उस स्वर की तरह
जिसके दोनों ओर मौन है,
जो उसे धड़कता छोड़ देता है—
जैसे बहुत ऊँचाई से अटकता हुआ कुछ गिर रहा हो
या तेज़ी से ऊपर अभेद्य को चीरता चला जा रहा हो।

यह कुछ नहीं है सिवा इस अहसास के
कि एक हमारी धड़कन
जो इस जंगल की धड़कन में
इस क़दर लय हो गई है
कि उसे अलग से सुनना बेसुरा होना है।

इससे बेहतर है
कि कहीं धरती फोड़कर रिसते पानी से
भीगे सूखे पत्तों पर,

जिनकी कराह मर गई हो,
हम एक जूते से पड़े रह जाएँ
जिसमें ख़ामोशी अपने पैर डाले
एक उम्र भर के लिए खड़ी हो।

यदि ईश्वर है
तो वह संगीत रचेगा ही
भले ही वह मेढक की तरह
इन सूखे पत्तों पर
दूर तक उछलता चला जाए।

रात

पलकों पर बोझ है
और रात अभी शुरू हुई है
कोई सपना इतना हल्का नहीं होता
कि सुबह बन जाए।

अँधेरा पत्थर है
जिसे हर रोशनी अपने आकार में
गढ़ती है,
जब तक रहती है।
फिर एक पहाड़ के सामने

छेनी-हथौड़ा छोड़ कर
चली जाती है।

पलकों पर बोझ है पहाड़ का
और रात अभी शुरू हुई है।
ख़ुद को एक नए सिरे से तराशना
मुझे शुरू करना है।

दरवाज़े बन्द हैं

दरवाज़े बन्द हैं
घर में कोई नहीं है
सिवा स्मृतियों के।

दरारों से आई रोशनी
ख़ामोशी की पसलियों-सी
उभरी है
दीवारों पर।

नथुनों से दिमाग़ तक
रेंगती है गंध
क़ैद हवा की।

मैं नहीं जानता
तुम्हें कैसा लगेगा
जब तुम दीवार फाँद कर
भीतर आओगे।

सफ़ेदी पीली पड़ गई होगी
अँधेरा कसमसाता
धूल बन जम रहा होगा।

तुम्हारे हाथ
घड़ी की सूइयों को हिलाएँगे
और एक परित्यक्त घोंसला
गिर पड़ेगा तुम्हारे ऊपर।

समय कालीन के नीचे
मरा पड़ा होगा,
चींटियाँ उसे खींच कर
लिये जा रही होंगी।

तुम्हारे हाथों में

एक रंग भरी कूची की तरह
मैंने ख़ुद को तुम्हारे हाथों में दे दिया।
तुम उससे अपनी एड़ियाँ रँग सकती हो
और ऐसी भयानक आकृति भी
बना सकती हो जिसे देखकर ख़ुद काँप जाओ।
ज़रूरी नहीं है कि रंगों का एक विशाल सरोवर हो
जिसमें इस सारे दृश्य जगत् के साथ हम कूद पड़ें!
यदि हम रचना चाहते हैं
तो तूलिका का एक रंगाघात
एक डबडबाया क्षण
एक गंध भरी साँस से

कुछ भी रच सकते हैं,
हाँ, यदि हम रचना चाहते हैं!

बड़े से बड़े फलक पर
एक बूँद चीख़ सकती है
हर्ष से या अकेलेपन से
और अपने से बहुत बड़े को
जन्म दे सकती है!

अर्थ हम अपने लिए रचते हैं,
माँगते नहीं।
ऐसा कुछ भी नहीं है जो हमसे बड़ा हो
यदि हम कुछ भी छोटा करना न चाहते हों।

मुझे तुम इस विराट जंगल के किनारे
घास के इस टुकड़े पर ऊँचे पेड़ों के मुक़ाबले
मिट्टी में धँसा छोड़ जा सकती हो।
फिर भी मैं इतराता रहूँगा।
क्योंकि हो सकता है कल तेज़ हवा चले
और मैं तमाम तिनकों के साथ किसी बारिश में बहकर
उस निर्झर से जा मिलूँ
जो नई बस्तियों के बीच से बहता हो।

सम्भावनाएँ निरंतर हैं :
ज़िन्दगी की खोज, जो रचना है,
रचना—जो सार्थक करती है,

महत्त्वाकांक्षा नहीं
जो दूसरों को छोटा करने से ही पनपती है।

मैंने ख़ुद को तुम्हारे हाथों में
इस जंगल को छोटा करने नहीं सौंपा—कुल्हाड़ी की तरह,
एक रंग भरी कूची की तरह
मैंने ख़ुद को तुम्हारे हाथों में दे दिया।

नीली चिड़ियाँ

तुम्हारी आँखों से उड़ीं
नीली चिड़ियाँ
मेरे खुलते अधरों पर बैठ जाती हैं
—शब्द चुगने लगती हैं।

और जब मैं शब्दहीन हो जाता हूँ
तब वे फिर मेरे अधरों से उड़ कर
तुम्हारी आँखों में चली जाती हैं।

हर बार
मैं

चुप रह जाता हूँ
और तुम
निहारती।

कितना अच्छा होता है

कितना अच्छा होता है
एक-दूसरे को बिना जाने
पास-पास होना
और उस संगीत को सुनना
जो धमनियों में बजता है,
उन रंगों में नहा जाना
जो बहुत गहरे चढ़ते-उतरते हैं।

शब्दों की खोज शुरू होते ही
हम एक-दूसरे को खोने लगते हैं
और उनके पकड़ में आते ही

एक-दूसरे के हाथों से
मछली की तरह फिसल जाते हैं।

हर जानकारी में बहुत गहरे
ऊब का एक पतला धागा छिपा होता है,
कुछ भी ठीक से जान लेना
ख़ुद से दुश्मनी ठान लेना है।

कितना अच्छा होता है
एक-दूसरे के पास बैठ ख़ुद को टटोलना,
और अपने ही भीतर
दूसरे को पा लेना।

सुर्ख़ हथेलियाँ

पहली बार
मैंने देखा
भौंरे को कमल में
बदलते हुए,
फिर कमल को बदलते
नीले जल में,
फिर नीले जल को
असंख्य श्वेत पक्षियों में,
फिर श्वेत पक्षियों को बदलते
सुर्ख़ आकाश में,
फिर आकाश को बदलते

तुम्हारी हथेलियों में
और मेरी आँखें बन्द करते।
इस तरह आँसुओं को
स्वप्न बनते—
पहली बार मैंने देखा।

अलग होने का ख़याल

सड़क की अँधेरी पटरी पर
हम खड़े थे।
बर्फ़ गिर रही थी
अलग होने के ख़याल की।

तुमने अपने सुन्दर चेहरे को
लपेट रखा था
मेरे बाल उड़ रहे थे।
बहुत छोटा अन्तर—
यही कि लौटने पर
तुम्हें अपने घर में रोशनी मिलेगी
मुझे अँधेरा,

तुम्हारा बिस्तर गर्म होगा
और मेरे बिस्तर पर
किताबों–काग़ज़ों के बीच
एक मरी हुई ठंडी सीलन
मेरी प्रतीक्षा कर रही होगी,
तुम्हारे सिरहाने की रोशनी
कोई हाथ बढ़ा बुझाएगा
और मेरे सिरहाने
वह रात भर जलती रहेगी।

कितना आसान था
तुम्हारे लिए यह कह ले जाना
'अलविदा'
जैसे गुलाब की पंखुरियों में से
एक सुनहरा कीड़ा उड़ा हो।
और मेरा...
महसूस करना, भरा हुआ
उस ख़ालीपन को
जहाँ तुम खड़ी थीं
सड़क की अँधेरी पटरी पर।

फिर कुछ न कह पाना

केवल घुटनों तक
बर्फ़ महसूस करना
अलग हो जाने के ख़याल की।

आश्रय

सारी ज़िन्दगी
मैं सिर छिपाने की जगह
ढूँढ़ता रहा,

और अन्त में
अपनी हथेलियों से
बेहतर जगह दूसरी नहीं मिली।

रिश्ते की खोज

मैंने तुम्हारे दुख से
अपने को जोड़ा
और—
और अकेला हो गया।

मैंने तुम्हारे सुख से
अपने को जोड़ा
और—
और छोटा हो गया।

मैंने सुख-दुख से परे
अपने को तुमसे जोड़ा
और—
और अर्थहीन हो गया।

यहाँ

उसने कहा, वह यहाँ नहीं थी।
गोया, मैं यहाँ था
या कुछ भी यहाँ है,
रह सकता है।

'यहाँ'—
शब्द नहीं, एक छलाँग है
जो होने के साथ ही
खो जाती है।

यह दूसरी बात है
कि उससे जुड़ी बहुत-सी चीज़ें
रह जाएँ
जैसे देश, काल:
...वह, मैं।
या कुछ और भी
जो इन सबके बीच नहीं है।

तुम्हारी मुस्कान

तुम्हारी मुस्कान
कोहरे से छनकर नहीं
सीधी धूप सी आती है
जैसे सुबह-सुबह चिड़ियों का गान,
तुम्हारी मुस्कान।

बालकनी पर बैठी
अख़बार लिये
एक सौन्दर्य की कल्पना जगाती,
नीचे जाती भीड़ से जुड़ी

और तटस्थ भी,
तुम्हारी मुस्कान।

मैं उसे अक्सर याद करता हूँ
जैसे शाम अकेले
घूमने निकल गया हूँ
राह बेपहचान,
        उजाले-अँधेरे की
एक विचित्र आत्मीयता में
आधा जागा, आधा खोया
स्वयं में अन्तरधान,
तुम्हारी मुस्कान।

बहुत दिन हुए
उसका रक्त में दौड़ना महसूस किए हुए
अपनी आँखों के जल से
पंख फड़फड़ा उस सफ़ेद हंस को
पाना विभोर, गतिमान,
तुम्हारी मुस्कान।

वह एक शब्द

(‘मदर करेज’ में कैटरिन की भूमिका पर लीनी सैक के लिए)

एक सुप्त ज्वालामुखी
यह गूँगापन
तुम्हारा
मुझमें फूटता
—भूकम्प

जलते लावे के सैलाब से
दबता एक नगर शब्दों का
तहस-नहस
एक युद्ध

मैं : शरणार्थी
मलबे में खोजता
वह एक शब्द—
जो तुम्हारी आँखों में
टिमटिमाता है
और अधरों की मुस्कान में
सहमा रहता है
भयभीत लाल पक्षी की तरह
देह से उतरता
सफ़ेद केंचुल-सा।

यह एक शब्द—प्रेम
जो तुम्हारा अभिनय है
मेरी प्रतीक्षा
निरंतर विक्षिप्त
डफ-सा बजता
चीख़ता बहरा करता
मेरी आत्मा को।

सिगरेट पीती हुई औरत

पहली बार
सिगरेट पीती हुई औरत
मुझे अच्छी लगी।

क्योंकि वह प्यार की बातें
नहीं कर रही थी।
—चारों तरफ़ फैलता धुआँ
मेरे भीतर धधकती आग के
बुझने का गवाह नहीं था।

उसकी आँखों में
एक अदालत थी :
एक काली चमक
जैसे कोई वकील उसके भीतर जिरह कर रहा हो
और उसे सवालों का अनुमान ही नहीं
उनके जवाब भी मालूम हों।

वस्तुतः वह नहा कर आई थी
किसी समुद्र में,
और मेरे पास इस तरह बैठी थी
जैसे धूप में बैठी हो।
उस समय धुएँ का छल्ला
समुद्र-तट पर गड़े छाते की तरह
खुला हुआ था—
तृप्तिकर, सुखविभोर, सन्तुष्ट,
उसको मुझमें खोलता और बचाता भी।

प्रतीक्षा

खुली कसी पिंडलियाँ—
चाँदी के फूलदान,
होंगे कहीं फूल भी
संगीत के, अँधेरे में।

देह का संगीत-1

मुझे चूमो
और फूल बना दो
मुझे चूमो
और फल बना दो
मुझे चूमो
और बीज बना दो
मुझे चूमो
और वृक्ष बना दो
फिर मेरी छाँह में बैठ रोम-रोम जुड़ाओ।

मुझे चूमो
हिमगिरि बना दो
मुझे चूमो
उद्गम सरोवर बना दो
मुझे चूमो
नदी बना दो
मुझे चूमो
सागर बना दो
फिर मेरे तट पर धूप में निर्वसन नहाओ।

मुझे चूमो
खुला आकाश बना दो
मुझे चूमो
जलभरा मेघ बना दो
मुझे चूमो
शीतल पवन बना दो
मुझे चूमो
दमकता सूर्य बना दो
फिर मेरे अनंत नील को इन्द्रधनुष-सा लपेट कर,
मुझमें विलय हो जाओ।

देह का संगीत–2

मैं चूमता हूँ
तुम्हारा मस्तक
तुम्हारी भौंहें
तुम्हारी आँखें
तुम्हारे कपोल
तुम्हारे अधर
तुम्हारा चिबुक
तुम्हारा कंठ
तुम्हारा वक्ष
तुम्हारे उरोज
तुम्हारी नाभि

तुम्हारा प्रजनन पुष्प
तुम्हारी जंघाएँ
तुम्हारी पिंडलियाँ
तुम्हारे पैर
तुम्हारी उँगलियाँ
तुम्हारे तलुए, हथेलियाँ
और सितार की तरह
तुम्हें कस लेने के बाद
ख़ुद बजने लगता हूँ।

ओ मेरे अदृश्यमान संगीतकार!
कहाँ हो तुम?
शान्त निस्पन्द बर्फ़ पर
एक लपट की तरह
मैं नाच रहा हूँ,
मुझे अपनी ठोस बाँहों में कस
चूर चूर कर
अपने में समाहित कर लो
इसके पहले कि मैं
बुझ जाऊँ।

तुम्हारा तन

तुम्हारा तन
एक हरी-भरी झाड़ी है
जिससे मैं मेमने-सा
अपना तन रगड़ता हूँ।
एक सलोनापन
अलग होने के बाद भी
हमारे बीच बहुत देर तक
लहराता रहता है,
संगीत और रंगों से परे
उस शान्ति की तरह
जो सरोद के बज चुकने के बाद

उसके चारों ओर
छाई रहती है।

यह शान्ति वह नहीं है
जो बजने के पूर्व थी
न यह सलोनापन वह है
जो अलग-अलग
हममें तुममें था।
यह हमसे तुमसे उत्पन्न हो
हमसे तुमसे मुक्त
एक नई सृष्टि रच गई।

अकेलापन

सूनी राह में दीखी
एक अकेली टहनी
मैंने उसे दो टुकड़े कर
पास-पास रख दिया।

वसन्त राग-1

हर साल वसंत
नए पत्तों की डायरी पर
शुरू करता है लिखना
एक प्रणय कथा,
पर हर साल
झरते पत्तों में
दीख जाती है
उसकी व्यथा।

वसन्त राग-2

उद्यान में
उड़ रही हैं तितलियाँ—
वसंत के प्रेमपत्र।

तितली ने कहा

तितली ने कहा फूल से
मैं तुम्हारे साथ
कितनी भरी-पूरी लगती हूँ
और उड़ गई।

दर्द के डैने

दर्द के भीगे हुए डैने समेटे
रात मेरी धड़कनों पर सो रही है,
कौन है, बुझता हुआ दीपक सँभालो
कुछ अजब तीखी घुटन-सी हो रही है।
यह अँधेरे का खुला मनहूस जबड़ा
रोशनी जिसमें पड़ी दम तोड़ती है,
करमराती हड्डियों के शोर-सी
सीली हुई दीवार पपड़े छोड़ती है।
देखती हर शै मुझे आँखें उलट कर
होंठ मुर्दा ये दरारें खोलती हैं,

गिर रही है छत, कफ़न फाड़े हुए
हर एक कड़ियाँ बौखलाई डोलती हैं।

इस थके मस्तिष्क में मेरी पराजय
छिपकली-सी पग दबाए चल रही है,
पाखियाँ जीवित विचारों की बचाओ
यह उन्हें अब एक-एक निगल रही है।

सर्प : चार स्थितियाँ

इन सूखी टहनियों में अब
धीरे चलो ठहर–ठहर
शायद कहीं पे साँप हो
नाचो न इस क़दर निडर।

बैठे रहोगे डाल पर
कब तक कि नीचे साँप है
थोड़ा अक़्ल से काम लो
थोड़ी समझ से लो उतर।

माना कि भूल हो गई
रस्सी को साँप मानकर
अब साँप को समझने में
रस्सी की तू न भूल कर।

जब हों हवा में उड़ रहे
हर सिम्त साँप-साँप-साँप
तब इक मशाल के तले
चलिए निगाहें खोल कर।

टीन पर ओले–1

तप रहा था
पड़े ओले
घाव चुप
आघात बोले।

फिर वही
एक ख़ामोशी
दुबक कर सो गई,
गिरी, टूटी, जुड़ी, पिघली,
खो गई।

फिर वही तपना
शून्य नभ का देखना अपना
अबोले।

टीन पर ओले-2

अंक भर लो
आग वर लो
शेष रूप
अशेष कर लो।

विलय की लय
सज-सँवर लो
व्यथा हर लो।

गिरो, टूटो,
बिछो, तोड़ो,
फिर उबर लो।